句集　瞰

一人の男――三浦衛句集に寄せて

佐々木幹郎

一人の男
雨の音に誘われて
雨の幻に取り巻かれて
「つかのま空ゆらぎ」
おお　走り梅雨ではないか
紫陽花までが土の声をあげて
風が止み
しくしくと揺れる木洩れ日のなか
一目散に夏へ

一人の男
「かなかなとむかしむかしへ」
腿もあらわに立ち止まり

「鯉ゆらり水とろり」
眺める人の眼のなかに
もはや寂しさなどなく
虫の声さえ
とろり
秋の影を連れて

一人の男
鰯雲を友とするまで
「誇り無き吾」こそが
「宇宙の果ての嚔《くしゃみ》」になるか
ふふふ
春夏秋冬の雨に誘われて
あえかなる
朝を
横切ろうとするのである

二月

もてあます我を嗤ふや寒烏

呆としてながめやる間の寒夕焼

ふるさとも松も動くや氷柱《つらら》落つ

寄りくるや去りゆく冬の救急車

雪ふりやまず利《り》休《きゅう》鼠《ねずみ》の海に野に
朝まだき米とぐ冬のしじまかな

降る雪や汽車を待つ間の古馴染み

掌をかへし老いを養ふ火鉢かな

鈴鳴らし杣木《そまぎ》里まで馬橇《ばそり》来る
悶ゆれど背《そびら》は見えず寒灸《やいと》

冬の湯の肉《ししむら》垂るる滴《しずく》かな

節くれの指より落つる箸の凍て

ふるさとはひかり轟く雪解川《ゆきげがわ》
操車場くねる線路の寒さかな

歩数計チェックたびたび春近し

小走りのマスクの娘春隣

つれづれを爪切り終へて春隣

万倍を夢見閑《しづか》の種浸し

音立てて殻破り出づ催芽《さいが》かな

春の雪ささやくごとくあえかなる

春立つや三十円で買えるもの
だまつこの鍋はアルミが似合ひけり

春光やカーテンの影濃くなりぬ

春の宵洩れ来るピアノ華やげり

立春や手に読みかけの文庫本

ふるさとは光を放つ蕗の薹

眺むれば富士の峰から余寒かな

戸を叩くだれか来《きた》らむ絵踏の夜

三月

ライオンのたてがみ洗ふひばり東風《ごち》

枝垂《しだ》れ梅大陸からの風に酔ふ

朝《あした》に見夕べにもまた梅の花
鶯《うぐいす》の声や枝葉の揺れてをり

朝の体操明けゆく空の鶯

はるのひのゆめもうつつもとうたらり

春暁の岨《そわ》に立つ見ゆ羚羊《かもしか》の

子を連れてふるさとの道春兆す

払暁《ふつぎょう》のつとめの庭に初音かな
ふるさとの俯く影に初音かな

ザクザクと音まで嬉し芹を食ぶ

我が子から出生訊かるる蛙かな

おつかない医者にさよなら春らら
文庫本閉じて顔上ぐうららかな

公園の虻の羽音を友となし
レジ袋指に食ひ込む余寒かな

梅《うめ》東風《ごち》や自転速度の増してをり

哲学書ページ進まぬ目借時《めかりどき》

春去ればポニーテールの揺れて過ぐ
レジ袋転がり宙《そら》へ春一番

沈丁花闇の深さを量りかね
挨拶で済ませたき日や春の海

春疾風《はるはやて》鳶《とび》は斜めに滑りゆく
悲しくもないのに涙春疾風

自転車や抜きつ抜かれつ春疾風

ウェルテルの頁めくるや春の風

春の風八郎潟を帆舟かな

高速道時は後ろへ花万朶《はなまんだ》

図書館を出でてとつぷり月おぼろ
山よりの光を放つ雪解川

春泥を待ちて佇む農夫かな

春泥の足指股《まつか》をぬるりかな

ひがしにし日の移ろいを花菜かな

弥生尽日々の作法の匂ひけり

風はひそと後ろへ片栗の花

四月

吾《あ》と空をつんざくごとく玄鳥《つばめ》かな

花ぐもり日のなごり浴び本をおく

はらを見せ煽らるるごと燕かな

文庫本厠《かわや》の窓の蝶《はびら》かな

半仙戯眼下二宮金次郎

欄干を越えて初蝶谿《たに》のうへ

ランドセル置きて戯る数珠子《じゅずこ》かな

自転車を停めて聴き入る雉《きぎす》かな

亀鳴くや三渓園のしやつくり

忘れたき嘘もありけり春の虹

春宵《しゅんしょう》や滑りゆく無言のタクシー

藪漕ぐや鳶の下なる滝の春

包丁のさくりと春の厨《くりや》かな

花ぐもり小舟波立て滑りゆく

風光る自転車疾走鳶の声
渓谷の空を見渡す落花かな

地上まで急ぐともなし桜かな

春光や鎮守の森の翳あえか

けふの日の坂のうへなるおぼろ月
賑はひは山遠足のごろた石

遠足の班に先生まぎれをり

遠足の河原早日の翳りゆく

春日めく洗濯物を取り込めり

春雨にまた居るアンテナの烏

おぼろ月とんがり屋根の上の上

日曜出勤帰宅途中草餅《くさもち》買ふ

五月

もう少しそこにゐてくれ春の鳥

あけぼのの湖《うみ》を霞の罩《つつ》むかな

三尺の蛇を跨ぎてひきつれり

しらさぎ飛翔妊婦の腹の和毛《にこげ》かな

家出する少年の日の五月かな

家出して行くあてのない五月かな

田植ゑまへ巾着のごと父の口

雉《きじ》啼くや田に張る水の清々し

貝殻を擦《す》り合わすごと蛙鳴く
たらの芽の勿体なさよ美味しさよ

切通し風も通るや夏日影

悠々と鳶旋回し夏来《きた》る

春《しゅん》昼《ちゅう》に東《とう》圃《ほ》草除《と》る農婦かな

早《さ》蕨《わらび》をたずねフの字の老婦かな

春風や四海浩蕩寒風山

青東風《あおごち》や潟に帆舟の浮かぶ見ゆ

懸崖《けんがい》に羚羊《かもしか》の佇《た》つ夏来る

夏空や抜きつ抜かれつ馬の脚

夏草や罐《かま》のやうなる鼻の穴

卓《たく》に薔薇雲のゆくへを眺めたり

蚤《のみ》ぶちりあとは山家《やまが》の蘂《しべ》蒲団

砂埃《すなぼこり》白き五月のキャッチボール

ドア近くあや取りの子ら初夏の風

名を知りて立ち去りがたきポピーかな

押し開く浩瀚の書に初夏の風
蝙蝠《こうもり》を眼で追ひかけて忙しき

あらはれて高みへ光る夏の蝶

紫陽花《あじさい》や古民家の庭うへは空

蟻を避《よ》け進む径《こみち》のくねりをり

朝礼や校長がハンカチ語る

水含みハンカチを持つ少女かな

六月

笹の葉の擦《こす》れる音や夏来《きた》る

かきくもる利休鼠の空に雷《らい》

崖うへの烏賊焼く店や走り梅雨
ながむしを跨ぐつかのま空ゆらぎ

枝離れ跳ねとぶ蛇の刹那かな

日輪も海も深ぶか夏に入る

ひとは無し社《やしろ》の裏の蛇である
さつきあめ嶺々《みねみね》のそら蹋《かが》みをり

破れあり意味をなさずの網戸かな

保土ヶ谷を旅の名残の団扇《うちわ》かな

代掻《しろか》きや空の鏡を研《みが》くごと
太陽と池の底なる鯰《なまず》かな

放屁して健やかに居る老いの夏

ご近所さんと珈琲喫す五月かな

夏蝶や雲より落ちて崖の上

夏を眺め危なげもなし崖の猫

ふるさとは午後練後《あと》の氷菓かな

太陽が間近くなりぬ井《い》戸《ど》浚《さらえ》

泥ぬるり素足の指の間から
紫陽花や海にあくがる土の声

入り立ちて旧びし寺の四《よ》葩《ひら》かな

怒り去り真白き雲や更衣

N'EXと指差す児らを通り雨

電線を台湾栗鼠《りす》の走る夏

五月雨《さみだれ》や男三人軒の下

夏草や下に蠢《うごめ》くもののあり

裏木戸や保土ヶ谷に盈《み》つ草いきれ

保土ヶ谷を水墨画にして通り雨

五月雨《さつきあめ》竹林に盈《み》つほてりかな

見上ぐ児の雨を拭きとる傘の母

梅雨晴れ間遮断機横の焼き鳥屋

野良猫がぺろり舌出す暑さかな

ゆふだちに腿もあらはの宿りかな

七月

荒梅雨やビニール傘超しサインポール

板敷きのすべり悪《わろ》きや梅雨湿り

前線のうごき恨めしかたつむり

雲ぽつかりと鳥尿《ばり》する梅雨晴れ間

夏帯を直し背中をぽんと押す
とぼとぼと傘を忘れて夏の月

五月雨や泥鰌の泡の五つ六つ

秋田県井内神社におはします火傷の御神体を参拝して

さつきあめ火傷の神の夢見かな

とかげ来てまた二匹目のとかげかな

かなへびの喉しめらせて水しずか

すれちがふ白服四人《よたり》娘《こ》らの声
眼が慣れて動くものゐる木下闇《こしたやみ》

南風《みなみ》来て撫で戯れて去りにけり

膝頭祖父に似てゐる端居《はしい》かな

風止みて木漏れ日しくと揺れてをり
片蔭に人ら移動の駅ホーム

祖母屈み居る屋根付きの井戸清水
うずくまる児の上遥か夏の蝶

ゲクゲクと栗鼠電線を梅雨の朝

梅雨湿り高調子なる男かな

雨垂れや蜘蛛《くも》欄干を這ひわたる

遠雷や診察待ちの掲示板

ノースリーブ火傷の痕に蚊の来《きた》る

物干しにさきほどよりの大き蠅

マンボウが自転車で行く溽暑《じょくしょ》かな

蚊帳《かや》の腹足《あし》蹴《げ》や馬の夢を見る

護られて早うとうと蚊帳のなか
昼餉終え風鈴の音《ね》のかすかかな

八月

アメリカ詩ゲラのめくりの梅雨湿り

みだれ飛ぶ梅雨の終りの鳥かな

鯉ゆらり水とろりする極暑《ごくしょ》かな

首筋を撫でて背中へ溽暑かな

一村の児らを走らす夕立《ゆだち》かな

連れ立ちて部活へいそぐ大南風《おおみなみ》

夕《ゆう》立《だち》ににはとり右往左往かな

車窓打つ東海道を夕《ゆ》立《だち》かな

電車降りみな顔歪む炎暑かな

夏草を終日《ひもすがら》刈るをのこかな

町ひそと暮らしの香あり吊りしのぶ

その頃を思ひ出してる曝書かな

洗はれて涙目となる磯の蟹

蟬しずか重さ無くして骸《むくろ》かな

声無くも摘まめば強し蟬の羽

文字以前社《やしろ》にひびく蟬しぐれ

子を叱る母公園の蟬しぐれ

蜥蜴《とかげ》の子ひらがな残し消えにけり

くちなはをぶんまはす父入れ歯落つ

新涼を求め旦暮《たんぼ》を暮らしをり

業務終了工事現場の涼新た

ひぐらしや腹のふるへのさびしかり

し残して立ち止まりたる残暑かな

蜩《ひぐらし》や境内の子のしやがみをり

かなかなや三角ベースもうおしまひ
天の川宇宙のことを知らぬころ

指差喚呼し果て戸外は秋の暮

九月

ひぐらしや子らと物の怪遊びをり

おほなゐを録すはせをや蛄満寺

会釈するひとを知らざる墓参かな

かなかなとむかしむかしへさそひける

かなかなや招《よ》ばるるごとく社《やしろ》まで

暁《あかとき》の光り跳ね入る鯔《ぼら》日和

かなかなや社《やしろ》のうしろとつぷりと
会釈して秋の好《よ》き日を仕舞ひけり

稲刈るや十俵多しこゑ高し
さびしさも底にとどかぬ虫のこゑ

社員とともに伊良湖崎を訪ね二億年前にできた堆積岩の洞穴を目にして詠める

億年の秋を響《どよ》もす日出《ひい》の門

新聞をキオスクまでの今朝の秋

犬と行く佐々木さんにも秋来《きた》る

秋の風白くなりゆく内外《うちと》かな

アスファルト発火直前残暑かな

秋嶺や土中深々真つ直ぐの根

金風や狐も居たり遥かの野

影を連れ只管に往く秋の雲

稲揺らし連れ立ちてゆく風の尻

稲刈りの父九十の齢《よわい》かな

田仕事を生きて楽しも初穂かな

うつつより忘れ得ぬ夢花野かな

百參拾六

駄菓子屋を過ぎて小闇へ虫の声

爽やかや学の始めの漢詩読む

秋深き丘に佇立の友を見し
秋麗や亡き友と往く半僧坊

秋の風揺れて草木の白さかな

十月

ねむたさは旅のをはりの九月尽

赤蜻蛉むかしのことは忘れたよ

野分あとものみな黙《もだ》す碧さかな

いつの間にこの峠まで鰯雲

半島を船一列や秋茜

山あひの夕餉の声や濃竜胆《こりんどう》

し残して宇宙の果ての嚔《くしやみ》かな

誇り無き吾に友あり秋の風

鴇《とき》色に揺るるともなし薄《すすき》かな

逆光の暈《かさ》に突き入る飛蝗《ばった》かな

鼻唄も母との旅を秋の朝
さびしさも華やぎて在り土瓶蒸し

灯り消しとろりの闇や虫の声

予報士を裏切りて行く野分かな

何かある何もない日の夜長かな

天高し大宮行きが参ります

訪ね来て湖面の秋の寂しかり

ゲラ軽し一字一字に秋の暮

秋深し青き灸《やいと》の煙かな

この年の佳きこと算へ冬支度

十一月

海神《わたつみ》に月は一つや伊良湖崎

清方の女性《によしよう》来てをり花すすき

ながれ来てかたちを変へず冬の雲

秋高し自転車をこぐ湖《うみ》に嶽《たけ》

誘はれて月見宴《うたげ》の座頭かな

蚯蚓《みみず》鳴く地団太を踏む一日《ひとひ》かな

靴底を手にして開く栗の毬《いが》

石礫《いしつぶて》狙ひ定めて丹波栗《たんばぐり》

毬栗の毬削ぎ落とす鎌の峰
並びをる刺身パックの寒さかな

冬日差す径《みち》に背負子《しょいこ》の故郷かな

凩《こがらし》に小町老後を哭《な》く日かな

ふるさとや耳尖《とが》りたる冬の朝

儀式めく卓に六つや寒卵

歌聴けば悲しさ恋し灯《ひ》の恋し
おとなしき冬日をただに暮らしをり

とじぇねさは世界の図なり冬の朝

かわかわと朝を横切る寒烏

かさこそと乾き這ひずる落葉かな

自販機のお茶ガチャリ落つ寒さかな

十二月

東《ひむがし》の秋を彫りだす暁烏《あけがらす》
厨《くりや》より寂しき香せり菊膾《きくなます》

廃校の庭をセイタカアワダチソウ
柿二つならび明るむ昼の卓

冬日没《い》るエンドロールの果つるごと
児を抱きて仰げば枯るる大欅《おおけやき》

音絶えて天の音きく冬野かな

風花は止まずたつきのゲラを読む

二羽さきに三羽あとから寒雀

クリスマス駆け下りてゆく靴の音

けふ六つ算へて嬉し寒卵

祖父の手と祖母の手もあり炭火かな

祖父の手の炭火をほたと包むかな

はなれ来て祖母のにほひの日向ぼこ

忍ぶれどキャラ飛ぶほどの大嚔《おおくしゃみ》

くつさめの滑舌宜《よろ》し律義者

焼薯《やきいも》を温めなほす夜半過ぎ
坂道を葱《ねぎ》の白さや富士の峰

売られ往く馬の無言や冬の朝

セブン前売れずや冬のシクラメン

綿虫や夢の光を連れ来る

交差点光の暈《かさ》や冬の朝

もういいかい暮れゆく冬のかくれんぼ

口開けて鏡に白き歯の寒し

ポケットのなか拳骨《げんこつ》の寒さかな

風消えて天《あめ》の下なる枯野かな

ぎんがぎが玻璃《はり》の枯野を眞神《まかみ》かな

炉語りに耳を澄ませば馬のこと

博労《ばくろう》の炉がたりの語の多からず

一月

故郷やびりりと青き大旦《おおあした》

人事止み小暗き馬屋の淑気かな

土間闇《くら》し山家《やまが》の朝の淑気かな

公設の博物館に淑気盈《み》つ

去年今年乗せて車窓の雲流る

壺を出《い》で初市に蛸来《たこき》たりけり

年賀状思ひ出せずの名を睨む
餅食ふて網に残りの黒きかな

農の手の栞紐《しおりひも》置く初日記

読初《よみぞめ》の古書の誤植の逆さかな

三が日おだあげてをり酒《さか》祝《ほが》ひ

学業と部活合間の初バイト

これほどの日和のなかの初湯かな

足伸ばし指の先まで初湯かな

禿頭《とくとう》に手拭い露天風呂に雪

初春や祖母も来てをり竈神《かまどがみ》

冬の朝はずむ厨《くりや》の音をきく
長き尾を針金のごと冬の猫

夜半無言の里に雪積もるらむ
中心を定めて落つる氷柱《つらら》かな

洗ひ馬背《せな》ゆらゆらと冬の馬屋

大寒を鳥の影の蔽ひけり

羽ばたかず地を這ふ冬のかはびらこ
くさきもの臭ひ消さるる寒さかな

凧《いかのぼり》物《もの》思《も》ふ空の青さかな

ふるさとの景深みゆく干《ほし》大《だい》根《こ》

一日をここまでと為し寒の月

鍼灸院出でて二声寒烏

騒がしき一日収む寒夜かな

休日の仕事場窓に寒雀

冬の朝蛍光灯下ドリル解く
試験日に自転車で行く雪の道

吹雪の校庭薪負ふ金次郎像

父母《ちちはは》の上に雪あり眠りあり

十羽ゐる鶏《にわとり》小屋の雪下し

鈴鳴らし杉材運ぶ父の橇

見送りの父母《ちちはは》淡き肩に雪
迷ひ入る人馬もろとも雪女郎

いまぞ知る応援歌歌詞雪皚《がい》皚《がい》
寒鯉の動かずにゐる重さかな

聊斎の書を閉づ夢の探梅行

探梅や縄文の丘土器拾ふ

丘の家春を奏でるピアノかな

静黙の日の重なるや春隣

試験終え自転車磨く春隣

春隣盲導犬の尾の揺るる

畢

後記

二〇〇七年七月、私は東京都にある私立の幼稚園に向かった。園長から直々に電話があり、本の出版について相談に乗って欲しいとのことだったかと思う。森閑とした緑に囲まれた、見るからに、由緒正しき幼稚園と思われた。一時間ほどの打ち合わせを終え、外へ出ると、俄かに雨が落ちてきた。被っていたパナマ帽に当たり、ばちばちと音を立てた。パナマ帽夕立《ゆだち》ばちばち破れ笠。季語が三つも入っている。時代劇に登場する人物が被っている笠をイメージし「破れ笠」としたのだが、「破れ傘」という植物があることを知らなかった。無手勝流。以来、十五年が経過し、本書が第壹句集である。古代文字学の権威・白川静は、還暦の年に公刊した『漢字』の冒頭で「ヨハネによる福音書」のことばを引用している。「はじめにことばがあった。ことばは神とともにあり、ことばは神であった。」つづけて白川は、「しかしことばが神であったのは、人がことばによって神を発見し、神を作り出したからである」と記す。私は、そうは思わない。弁証の適わぬことではあるけれど、聖書でいう「ことば」とは音声言語であろう。文字は人が作ったかもしれぬが、それ以前の「ことば」は、「神とともにあり、ことばは神」であった。「神とともにあったことば」を知りたい。エッセイも小説も詩も、俳句も、ブログも、全てはそこに収斂する。八木重吉の「聖霊」という詩にあることば「聖書が聖霊を生かすのではない／聖霊が聖書を生かすのだ」が気にかかる。敬愛する佐々木幹郎さんから序詩を賜った。身に余る光栄です。令和四年。三浦衛。

句集暾總册百五拾部限定
印行令和壬寅四年神無月
拾日著者三浦衛印行者有
限會社春風
社神奈川縣
橫濱市西區
紅葉ケ丘五拾參番地橫濱
市教育會館參階本裝版頒
價稅込貳千七百五拾圓也

装丁：長田年伸
装画：moineau
印刷・製本：シナノ書籍印刷株式会社
二〇二二年一〇月一〇日初版発行
乱丁・落丁本は送料小社負担でお取り替えいたします。

ISBN 978-4-86110-814-3 C0092 Y2500E

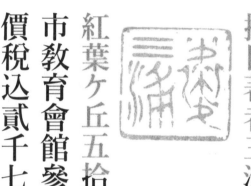